기억 속에
피는 꽃

박민정 시집

첫사랑의 꽃잎을 물들인 그리움은
오늘밤도 가로등 불빛만 흐리고
뜨거운 눈물은 밤하늘마저 흐린다

청어

기억 속에 피는 꽃
박민정 지음

발 행 처 · 도서출판 청어
발 행 인 · 이영철
영   업 · 이동호
홍   보 · 천성래
기   획 · 남기환
편   집 · 방세화
디 자 인 · 이수빈 | 김영은
제작이사 · 공병한
인   쇄 · 두리터

등   록 · 1999년 5월 3일
(제321-3210000251001999000063호)

1판 1쇄 발행 · 2020년 10월 30일

주소 · 서울특별시 서초구 남부순환로 364길 8-15 동일빌딩 2층
대표전화 · 02-586-0477
팩시밀리 · 0303-0942-0478

홈페이지 · www.chungeobook.com
E-mail · ppi20@hanmail.net
ISBN · 979-11-5860-895-8(03810)

이 도서의 국립중앙도서관 출판시도서목록(CIP)은 서지정보유통지원시스템 홈페이지
(http://seoji.nl.go.kr)와 국가자료공동목록시스템(http://www.nl.go.kr/kolisnet)
에서 이용하실 수 있습니다.(CIP제어번호: CIP2020032737)

기억 속에
피는 꽃

박민정 시집

시인의 말

시는 나에게 영원한 빛이다

시는 나에게 영원한 빛이고
시를 쓰는 일은 기쁨이며 사명감이다
오늘도 눈 감은 영혼으로 시어를 떠올린다
고단한 삶이 스치듯 꿈틀거리고
젊은 날의 추억도 새록새록 피어오른다
칼바람에 쌓인 눈이 흩어질 때마다
가슴에 남은 외로움이 호수의 중심을 맴돌고
즐거웠던 추억은 첫눈처럼 그립고
아픈 슬픔은 진눈깨비 되어 시가 된다
내 눈길 가는 곳은 모두 시가 된다
침묵으로 얼어붙은 호수 위를 걷는다
호숫가 갈대숲에 사랑하는 연인의 밀어가
흰 눈 위에 속삭이고
입맞춤하던 숨소리는

작은 새가 되어 날아가 버렸나 보다
발자국만은 그 순간 얼어붙은 시가 되었다
사랑 기쁨 슬픔 그리움 기다림
만남 이별 아픔 추억 같은 단어들은
모두 내 가슴의 퇴고의 시어였다
붉은 노을이 산 너머로 숨어버리는 시
하얀 나목의 그림자 위로 함박눈이 내리는 시
뜨거운 침묵이 흐른 후 사라지는 목숨의 시
시는 나에게 영원한 빛이다

차례

1부 한 잔의 커피처럼

2부 바람이 된 여자

3부 강물 위에 핀 꽃

4부 잃어버린 계절은

1부

한 잔의 커피처럼

꽃이 시들어도 철모르고 울었고
울었기에 배고파 더 먹었기에 살아남은 여자
이제 떠나는데 순서가 없는 나이가 되었다
팔순의 아버지와 이순의 맏딸
한 잔의 커피처럼 식어간다

슬픔이여 안녕

그만큼 내 맘속에 머물렀으니
이제 그만 안녕을 고해보렴
너는 오늘도 그렇게 흐려진 채
실성한 바람처럼 흐느끼겠지

잠시 마음속에 피었다 지는 꽃이라도
메트로놈의 박자에 맞춰
숨넘어가도록 춤을 추고 싶었지

이제 처마 끝에 영근
눈물 속에 핀 꽃잎으로
너를 보내야 하겠지

슬픔이여 안녕
한 방울의 눈물도 보이면 안 된다고
오늘도 처마 끝에 영그는
빗물처럼 울고 있지

멀어져 간 이별

봄비 맞으며
멀어져 간 이별도
이별인가요

두근거리다가
반쪽만 남은 가슴은
꽃 없는 봄날입니다

마음은 계절 잃은 봄인데
소리 없이 내리는 봄비만
내 영혼 속을 추적입니다

봄비에 젖어서
님 떠난 언덕길을 오르면
꽃 없이 잎만 자란 나무가
내 가슴을 흐려옵니다

봄비 맞으며
멀어져 간 이별도
이별인지요

벙어리 카나리아

팔딱이는 심장과
눈만 살아 있는 벙어리 카나리아
묵혀 온 가슴속 그 노래를
밖으로 끄집어내야 숨통이 트이는데
목마른 가사와 애절한 곡을
노래로 불러야 세상에 오해가 풀릴 텐데
애초에 카나리아인 나를 비둘기라고 한
포수*가 눈앞에 보이면 이내 두려움에 포로가 된다
고운 내 노래를 들으면 감동 받을 텐데
다짜고짜 가슴에 총부리만 겨냥하니
얼마나 두려우면 가사 한 줄 떠오르지 않고
목소리도 안 나와 구구 구구 비둘기로 살았을까
언제나 고장 난 가슴으로 울컥 눈물을 쏟아내지도 못하고 매달
고 살아왔다
겁 많고 소심해서 아버지가 주신다고 한 국물 먹을 날을 손꼽
아 기다리느라고
입바른 소리도 못하고 숨죽이며
평생을 나약하게 살았단 말인가

남의 노래에 부러움의 박수만 치다가
마음과 머리에 하얀 서릿발만 무성하다
꿈속에서조차 구구 구구 서럽게 운다
평생을 심장이 두근두근
입만 삐죽삐죽 눈물만 쏟으며
슬픈 유행가 가사만 품고 살았다
청아하고 웅숭깊은 목소리로 노래도 못 부르는
나는 벙어리 카나리아
구구 구구 운다

*포수는 무섭기만 한 아버지

마지막 사랑

별들도 돌아선 빈 하늘
그래도 눈 감고 불러볼 이름 하나

엉망으로 물든 계절이 수놓은
마지막 사랑
그 님도 바람의 땅 어딘가에서
몸부림치고 있으리

목이 메어 부르다가 더 외로워진 이름 하나
무심하게 해는 지고
강물은 눈물 되어 반짝거린다

몇 번을 더 흐느껴야
그대의 눈물은 뜨거워질까
잠시 눈 감은 순간
바람도 뒤돌아본다

별들도 돌아선 빈 하늘
그래도 눈 감고 불러본다 그대
마지막 사랑

맏딸이 있잖아요

육 남매 남겨놓고
눈도 감지 못하고 떠난 어머니

섬섬옥수 솜씨 좋아
온 동네에 소문이 자자했는데
줄줄이 딸 다섯 낳는 동안
애간장 녹이더니
암 덩어리만 키웠네
허드렛일 벗어난 그곳에선
항상 외롭지 마시고
행복하게 살아야 해요
여기 튼튼한 맏딸이 있잖아요
조각구름인 양 손짓만 하네

오늘도 새벽이면 아궁이 앞에서
눈물 흘리던 어머니 흐린 모습이
연기에 취해 콜록콜록
자꾸만 살아 오르네

얼굴 없는 바람이 좋다

꽃들이 몰래 피는 봄날
햇빛은 할 일 많은 어머니처럼
온 세상을 두루 살핀다

이름 모를 꽃잎에
알 수 없는 향기를 전해주는
얼굴 없는 바람이 좋다

원망과 슬픔으로 얼어붙은
고뇌의 머릿속을
유년의 소녀로 잠재워주는
얼굴 없는 그 바람이 있어 좋다

바람은 모르는 게 없다
바람은 종종 눈물 글썽이는
어머니의 머리칼을 어루만지기도 하였고

가끔은 진눈깨비 내리는 나의 계절에
시시각각으로 불어와
우울을 달고 산 날도 많았다

잊고 살아온 그리움을
오늘도 바람은 한 움큼 전해주고 간다
숨 죽은 머리칼 흔들고는
미소만 남긴 채 사라지는
얼굴 없는 그 바람이 좋다

비가

너는 떠나고
밤비는 흐느끼듯
먼 불빛을 흐리고
나만 홀로 눈을 뜨고 울었다

어둠을 등지고 선
이별과 이별의 그림자는
연신 빗소리에 비틀거렸다

가슴속에 너를 향한 그리움은
길 잃은 빗방울처럼
온종일 빗금으로 사라졌다

오늘밤 창밖을 서성이는
비에 젖은 그림자 하나
더운 눈물 속을 맴돌다가
눈썹 밑에 잠이 들었다

허공에 쓰는 편지

하늘을 바라보면
모든 게 사라질 것 같아
흔적을 남긴다

안갯속을 수놓는 그리움
바람 불 때마다 아우성치는 그 손짓
오늘도 석양에 비껴앉아
허공으로 편지를 보낸다

난 늘 배가 고프다
얼음보다 더 차가운 아버지
어제도 오늘도 임자 없는 허공에
허기를 달래며 눈물짓는다

가슴이 다 무너져도
헛손질 한번 하지 않는 아버지
내일도 허공에 쓰는 편지는
수취인 불명이다

사랑은 통화 중

한없이 외로운 별은
흐르는 강물 위를 정처 없이 떠다닌다
해도 나를 보면 구름 속에 숨고
가지 위에 걸터앉은 낮달도
갈대와 춤을 추는 바람도
모두 다 나 몰라라 한다

어긋난 기억을 정리하고
지친 시간 속에서
오롯이 빠져나와
희망의 망루에 오르리라
발등 위 무겁게 내려앉은 기억들
내딛는 걸음마다 털어버리며
기쁨의 산 정상에 올라
다시금 내 삶의 나침반을 꺼내보리라

원망이 클수록 애증은 깊다
세월 어디쯤에서 휘청거리는 여자
사랑을 위하여 반 평생이 지났다
희망의 망루에 올라
사랑의 꽃씨를 뿌려보리라
어둡기 전에 서둘러 전화를 건다
뚜뚜뚜 통화 중이다

목마름

목마름은 있었나 보다
약속의 불발로 못다 핀 사랑
가슴에 영근 회한에 녹슬어
사르르 부서져 날린다
가사를 알 수 없는 영혼의 노래
아직 부르지 못한 후렴의 나날들
도돌이표 무시한 악보처럼
온몸 가득 생채기만 안고
지는 노을에 물들어 한숨짓다가
붉은 바다로 투신한다면
망각의 포말은 핏빛으로 부서지겠지
지난날의 하얗게 빛바랜 영상
세월의 무게에 짓눌린 변명
아 목마름은 있었나 보다

호롱불 아버지

초승달이 보름달 되도록
절절하게 그리운 아버지
보름달이 초승달로 사위어 갈 때
땅 꺼지는 한숨에 재만 남았다

밤마다 달무리 바라보며
눈물 속에 피는 꽃
흐르려 지는 아 버 지

미워도 내 아버지
야속해도 내 아버지
하나 남은 부모라서 더 애틋한데
우리는 고슴도치로 살았구나
명 다한 호롱불 되었구나

흔들리는 길

지난여름
이별이 다가오고 있었다
하늘은 캄캄했지만
마음의 준비는 없었다

그 순간 놀란 몸은
피눈물이 고였고
준비된 바보처럼 떨고 있었다

사랑은 들먹이는 내 어깨에
발을 맞추듯 멀어지고
세상의 길들은 흔들렸다
이제 이별은 영영
저물지 않는 하루가 되었다
내 가슴에 남은 것은
언제나 초라한 뒷모습뿐
이별 준비라도 해놓을 걸
길 꼬리만 흔들린다

인정의 꽃을 피우고 싶다

꽃 피는 봄날은 다 가버렸나
충혈된 해는 수직으로
온 대지를 달구고 있는데
정거장 없는 바람은
쉼 없이 헤매 돌기만 한다
뺄셈 없는 나이는 늘어만 가고
생살 돋는 추억은 새롭기만 한데
오후의 그늘 아래 빛바랜 그리움은
낑낑거리는 강아지 밥그릇에 수북하다
물빛 하늘과 어우러진 연꽃의 7월은 가고
입추의 8월도 가고 있다
가을엔 향기로운 인맥의 꽃을 피워 볼까
지는 낙엽으로 서러움의 눈물을 덮고
오로지 나만의 색깔로
내 삶의 지평을 넓혀 가는 시를 쓰고 싶다

죽는 그날까지
인정의 꽃을 피우고 싶다

독도, 너의 이름으로 꽃 피우길

대한민국 최동단
고요히 잠든 바다 가운데
잠들지 못하고 서로를 위로하는 두 얼굴이 있다
철썩, 능멸의 파도가 주저앉히고
철썩, 참욕의 바람이 쓰러뜨려도
수면 아래 맞잡은 두 손은
서로를 놓지 못한다

경상북도 울릉군 울릉읍 독도리
영겁의 세월
동(東) 파랑의 대면 박대 묵묵히 견디면서도
이곳에서 태어난 운명을 원망한 적 없다
태양의 첫 숨을 들이킬 수 있는 것만으로도
축복의 삶이 아닐까
서슬 퍼런 대나무 창으로 나의 폐부를 찌르려는 자여
불리어 본 적 없는 이름으로 내 삶을 욕되게 하지 마라

밤사이 생긴 상처의 온기를 쫓아
괭이갈매기가 날아든다
켜켜이 쌓인 흉진 골짜기를
천혜의 절경이라 칭송하며
하나인 두 얼굴에 예를 갖춰 입 맞춘다

바위가 많아 독섬(石島)일 뿐
외로워 독섬(獨島)인 적은 없었지
작은 부리가 가져다준 이슬방울 맺힌 자리
아물지 않은 붉은 생살 위로
동백꽃 봉오리가 움트는 것을 느낀다
아름다운 고통을 나누고 있는
서로의 얼굴을 바라 보며

기억의 꽃밭은 언제나 가을이다

밤안개 촉촉한 날
모란이 지고 있었다
언제 싹이 트고 꽃이 피었었는지
기억의 꽃밭에는 향기가 없다

물빛 언어만 남은 여름도
뜨거운 열정과 시심의 잔물결까지
썰물로 씻기고
혼자 뒤척이는 꿈은 고독으로 깬다

순정의 붉은 피 단풍 지니
잊었던 추억은
그리움으로 살아 오르고
가을의 서정에 연민 잠긴다

기억의 꽃밭은 언제나 가을이다
사랑이 올 때까지 만추의 그림자
키 작은 눈으로 재어 보리라

못다 한 사랑

흔들리는 사랑이
노을처럼 침묵이다

언제나 그렇게
가슴에 물들여 놓고
해바라기처럼 침묵이다
길 위에서 길을 잃은 사랑은
처마 끝에 고드름처럼
밤의 종소리로 사라진다

못다 한 사랑은
오늘도 내일도 흐려진 채
밤의 폭포처럼
그렇게 미소 지으리라

해가 주례를 서고
달이 이별하게 한 사랑
아 못다 한 사랑

봄이다

아, 봄이다
누군가를 다시 한번
사랑하고 싶다
겨우내 숨죽이던 수양버들 우듬지에도
새 꽃잎으로 피어나고
묵언수행 중인 강물은
일렁일렁 그리움을 반짝이고
봄바람은 바람이 나서 윙윙 윙
푸른 잎은 꽃봉오리를 안고 솔솔 솔
연정을 품은 안개는
모든 길들을 감추고 숨차게
밀어를 재촉한다
연둣빛 추억에 꽃술이 꿈틀거린다
머리카락은 안갯속에 안개가 되어
은빛으로 빛난다

젊은 날의 사랑은
저만치 휘어진 소나무 가지 위에
걸터앉아 나를 바라본다
소양 강변에 질펀하게 내려앉은
저녁노을 한 가슴
붉은 노을이 반짝인다
아, 봄이다
누군가를 다시 한번
사랑하고 싶다

바람에게 길을 묻는다

바람은 허공이 집이다
희붐한 새벽
어린 풀잎을 흔들어 깨우며
오늘도 안부를 묻는다
밤새 온몸에는
잠 못 이룬 꽃들의 아우성과
열락(悅樂)의 미소만 남았다

아 찬바람에 영혼을 잃은
마른 꽃잎처럼 침묵하는 너
이것이 마지막 몸부림인 거야
이제 눈물자국만 어둠이 지워버렸다
아 눈물에 젖은 내 사랑은
통곡하며 손짓하는 그림자만 남았다

불러도 대답 없는 밤하늘의 저 별들은
알고 있으리라
그 운명에 항의하고
그 운명을 넘어서야 미소 짓는 사랑
얼마나 소중한 사랑인가
눈을 꼭 감으면 멀어지고
눈을 뜨면 그 순간 가슴을 흐리는 그대

두 손으로 얼굴을 가린 채
바람에게 길을 묻는다

멀리서 손짓을 한다

추억이란 또 하나의 계절
꽃잎이 물들기 전에 잔주름만 늘어간다
휘청거리는 기억의 저편에는
어느새 망각의 강이 포말을 일으킨다
잊혀야 할 애증의 강 건너
은파로 살아 오른다
기다림의 눈으로 살았기에
사랑은 원망과 후회로 물들고 말았다
땅을 치는 갈망의 소용돌이 속에서
노을 없는 하루를 살았다
실타래처럼 엉킨 날들을 기다림으로 살았다
하늘도 뜬눈으로 그렇게 저물어 갔다
비틀거리는 몸뚱이에 둥지를 튼
갈증뿐인 사랑의 환희와 비애는
왜 떠나지 않고 뼛속 깊이 더운 눈물로 남았는지
그렇게 달빛만 보며 살아야 하는지

언제나 너를 용서하기보다는
사랑받고 싶은 갈급함으로 살았다
모든 잘못은 너에게 있다고 원망으로 살았다
계절 없이 물들게 한 것도 너였고
늘 먼 길만 바라보게 한 것도 너였다
끝끝내 하얗게 물들고 말았다
어쩔 수 없어 배신자를 보낸 죄
물들지 못하고 떨어진 그 이파리 하나
멀리서 손짓을 한다

낮달

온몸이 출렁거리도록
끝에서 끝으로 뛰어다녔던
내 고향 출렁다리
반백년을 그리다 가 보니
무상무념의 콘크리트 다리가
뜬구름처럼 아득하고
막장의 금덩이가 된 몸으로 뛰어 봐도
철모르고 스치는 자동차 매연만
눈물의 원천이 되고 말았다
토닥토닥 지은 모래성과
옹알이하던 자갈들은 간곳이 없고
여기저기 웅덩이 몇 개
고추 개구리가 사랑놀이를 하고 있을 뿐
그때 그 초등학교에 발을 멈추고 보니
허리에 책보를 매고
운동장에서 폴짝폴짝 뛰던 고무줄놀이와
공기놀이하던 추억이 봄날이다

개구쟁이 친구가 끊고 도망간 고무줄도
지금은 추억의 운동장에 묻혀
영원한 그리움으로 남았고
그때 아버지가 선생님이라고
받지 못한 옥수수빵과 우유가루를
엄마를 졸라 받았던 기억
외할머니는 화롯불에 우유를 끓였고
나는 달콤한 옥수수빵과 고소한 우유를
세상에 태어나 처음 먹어보았다

산마루에 걸터앉은 낮달이
반쪽이 된 채 돌아온 또 다른 낮달을
알아보지 못해 강물도
잠시 거꾸로 흘렀다

미운 그 남자

온 세상이
안갯속으로 숨었어도
선명한 실루엣

희미해지는 기억
피어오르는 물안개
상념에 젖는 가을 날
아픈 추억은 안개처럼
희미해져 가면 좋으련만
공지천변 안갯속에서 만났던 그 남자
세월 속에 숨었어도 선명하게 보인다

평생을 행복하게 해 주겠다던 사탕발림
향기로운 그 말은 가슴 아픈 비수가 되어
안갯속에서 환청으로 떠다닌다
천변의 안개가 삼킨 내 인생
내 눈에서 흐르는 피눈물
오늘도 호수 위에 윤슬 되어 반짝인다

온 세상이
안갯속으로 숨었어도
선명한 실루엣
미운 그 남자

안갯속의 여자

안갯속의 여자
꺼져가는 한숨뿐
흐려진 사랑은 안개꽃만 피운다
연신 눈물로 바닥을 찍고서야
달도 별도 없는 밤하늘임을 알았다
예고된 만남은 개나리꽃 피는
이디오피아 찻집의 추억이다
안갯속에 예견된 그 유혹
그것도 추억이라고 더듬거린다
두 눈을 감고 한 번만 되뇌어 보았더라도
반평생 안갯속을 헤매지는 않았을 텐데
오늘도 더운 눈물로 집을 짓고
허물기를 반복하며 그리워했다
거미줄에 걸린 파리처럼
잉잉 거리다 잠이 들었다

아무리 눈물을 흘려도 눈물이 아니다
허공은 허공일 뿐이다
다시는 원망하지 않으리라
오늘도 흐려진 두 눈으로 살았으니
내일도 구름에 달 가듯 살아야 한다
빈 가슴으로 늙어버린 여자
밤마다 홀로 속삭이는 여자
안갯속의 여자

한 잔의 커피처럼

쥐눈이콩처럼 살아온 나
나를 키운 건 9할이 식탐이고
나머지는 눈물이다

눈치꾸러기로
눈물의 밥을 삼키며
흘려보낸 기나긴 세월
세 살 때 먹던 바가지 속의
콩나물과 고추장뿐인 비빔밥은
흔들리지 않는 기억으로 남았다

어쩌다 미소 띤 멋쟁이 남자를 본 기억은
지금도 수줍어 장롱 뒤에 숨고 싶지만
한 끼의 밥상만도 못하다

중년을 넘어선 여자
지금도 알 수 없는 그 사내의 체취를 더듬는다
저기 아른거리는 언덕위의 아파트 801호
평생을 훈육주임처럼 군림해 온 아버지

계절 없는 삶을 살아가게 한 것이
삶에 전부였으리라
지금까지 허둥대며 먹은 밥이란
살려고 먹은 게 아니고
먹었으니 살아 있는 거다

그 사람이 말 한 적 있다
넌 눈물이 왜 그렇게 흔하냐
어디서 그렇게 흘러나오는 것이냐
옹달샘처럼 마를 날이 없구나

그 흔한 눈물이 고맙다
꽃이 시들어도 철모르고 울었고
울었기에 배고파 더 먹었기에 살아남은 여자
이제 떠나는데 순서가 없는 나이가 되었다
팔순의 아버지와 이순의 맏딸
한 잔의 커피처럼 식어간다

산소 가는 날

초록빛 따라
군자리 산소 가는 날
사모곡에 꽃비가 내린다
겨우내 가슴속 설원의 침묵은
산봉우리 굽이마다
녹의홍상 고운 빛으로 물들고
어머니 품 속 같은 뭉게구름은
차창가에 아롱진 추억이 되어
일렁거리는 강물 줄기를 거슬러 오르며
어머니 얼굴을 금빛으로 수를 놓는다
그리움을 못 이겨 비틀거리며
제단과 비석을 단장하고
못난 맏딸이 왔다고 발버둥 치면서
차디찬 비석에 볼을 비비며
거푸 산봉우리 몇 개를 삼킨다

북받치는 설움 안고
언제나 어머니 산소 가는 날은
비석에 새겨진 어머니 이름만
환히 웃는다

지는 해는 말했다

순리를 모르고 산 열정이
늘 평탄치 않은 삶을 살게 했다
모진 풍파를 헤쳐 나가려면
긴장의 연속에서
자맥의 삶을 살 수밖에 없는 일
이제 와 돌이켜 보니
꽃길이 아닌
눈보라 고갯길만 넘어왔다
외롭고 힘겨울 때는
소양강 황혼을 보며 노래 부르고
어쩌다 기쁘고 행복한 때는
물속 새털구름에 눕기도 했다
강물이 출렁이는 순간
암울했던 저 해의 과거를 삼켰다
지는 해는 웃으며 말했다
알고 싶은 것이 있으면
내일 아침 다시 보자고

바람처럼 잠이 든다

오늘도 황혼은
어머니 마중 길에
젖은 꽃잎처럼 가라앉는다

어둠으로 잉태한 추억들이 닻을 내리면
나는 창가의 떨고 있는 등불을 벗 삼아
안개꽃 그리움을 노래한다

아슬한 절벽을 타듯 살다 가신
어머니의 창백한 얼굴이
그 절벽을 흘러내리던 마사처럼
바스락거리며 오늘도 안부를 묻는다

실금으로 얼룩진 그리움이
뜨겁게 용솟음칠 때마다
내게 길들여진 추억은
흥건한 더운 눈물로 손짓을 한다

아! 언제나 모시 보자기 속에
따스한 밥상을 차려놓고 기다리시던 어머니
이제야 둥지를 튼 그리움들이
뜨거운 눈물방울로 별처럼 반짝거린다

나는 오늘도 그 젖무덤 가에
이름 모를 바람처럼 잠이 든다

희미한 불빛은 흔들리고

등 돌린 사랑
잊어야 했다
아득한 미로 속에서도
사랑은 어제도 오늘도 떠났다
어둠 속에서도
차마 버리지 못한 흰 손과
뒷모습만 머뭇거리다가
연기처럼 사라졌다
빗줄긴 하염없이
창가에 눈물져 흐르고
고개 떨군 그림자의 허상만
줄줄이 서서 죽는다
비바람에 지는 꽃인가
흐르지 못한 눈물방울인가
아무리 통곡해도
울음소리는 들리지 않는다
희미한 불빛은 흔들리고
길 위엔 나 혼자다
등 돌린 사랑
잊어야 했다

기억 속에 피는 꽃

이별이 무엇인지도 몰라
하늘도 잊은 마른 잎 하나
그림자마저 돌아선 채 바스락 거린다

오늘도 피었다 지고 말겠지
향기도 없는 흐느낌으로 그렇게
자꾸만 바스락거리겠지

눈먼 그리움 하나
추억의 그림자에 안겨
계절이 바뀐 줄도 모르고 흐느낀다

바람은 여전히 불어오지만
하늘 아래 남은 건
계절도 모르고 피는 꽃 한 송이

기억 속에 피는 꽃
향기도 없이 취한 채
바람에 몸 버리고 피는 꽃

2부

바람이 된 여자

눈을 뜨자마자 바라보면
아무렇지도 않게 서 있는 달그림자
푸른 새벽을 등지고 선
당신을 보았습니다

저 달은 알고 있다

가슴을 쓸고 간 바람
별들이 웅성거리는 강물까지
아무리 손사래 쳐도
검은 눈동자만 다가올 뿐
뒤돌아봐도 어둠뿐이다

푸릇푸릇 멍든 기억 속에
흐려진 채 떨고 있는
팔 벌린 허수아비뿐
소리쳐 불러 봐도 어둠뿐이다

머물다 가거라
그 운명에 항의하는
민들레 홀씨처럼
잠시 머물다 가거라

머물다 가거라
허공에 손사래 치며
뒤 돌아 볼 것 없이
멈칫멈칫 머물다 가거라

밤마다 이별하고
밤마다 찾아 헤매는
눈물 속에 피는 꽃
아 저 달은 알고 있다

오해의 불길

오해의 불길 잡으려
맞불 놓으면 더 세차게 솟구치겠지
들숨에 담은 오해
날숨으로 이해하고
지는 해 보고 반성하고
뜨는 해 보며 다짐한다
이렇게 살든지 저렇게 살든지
온몸이 진실하게
한 세상 보람 있게 살다 가야 한다
오해와 이해는 한숨 차이
인생은 눈 깜빡할 사이
그 순간 흔들리고 마는 것
세속의 파고에 몸을 두지 말자
암울한 오해는 눈부신 이해로
언제나 돌아보면 청 보리밭에
바람이 그립다

황혼 길

하늘과 땅을 어머니로
좁은 마음은 바다를 보며
불우한 삶을 참고 살았다

무엇으로도 대신할 수 없는
무한 한 딸자식 사랑
수평선에 반듯하게 정렬해 놓고
이날까지 살아왔다

지금 이 순간
덤 없는 황혼을 맞이한다
인생은 육십부터라지만
노을빛에 눈물 짓는 것은
사랑스럽고 예쁜 딸 하나 때문이다

뜬구름도 붉게 물든 황혼 길
함께 동행할 이 없어도
난 괜찮다고 말하리라
이 엄마를 가로막고 선
예쁜 딸이 웃고 있는 한
아 나는 괜찮다

아버지 집

불한증막 가는 길
이 길은 원망 서린 길
퇴계 사거리에서 우회전하고
직진으로 조금만 가면
아버지 집이 보인다

함께 할 날이 얼마 없기에
지나만 가더라도
가슴이 철렁 내려앉고
입술이 까맣게 타고
침이 마른다

오고 가는 동안
아버지하고 속울음으로
바라보기만 한 집
어머니 영정사진도 없는
아버지 집

아버지 정 그리워
아직도 미련이 남아
끊어진 출렁 다리를 잇고 싶어
곁눈질로 흘금거린다

아버지, 더러는 찾아 주세요
여기 큰딸이 있잖아요
오늘 밤도 아버지 집만 보고
부엉 부엉 울고 가는
큰딸이 있잖아요

상사화

봉긋이 열리는 순정의 꽃봉오리
가녀린 줄기에 매달려
시선 둘 곳 없는 너

고운 햇살 머금고
살가운 바람이 보듬어 주지만
어찌하여 여린 잎은 보이질 않는가

연정이 머무는 진분홍 꽃봉오리
아침이슬 젖고 얼룩진 눈물에
꽃잎이 뚝 뚝 떨어진다

잎이 진 자리여야 꽃이 피어나는
기구한 운명의 너
한줄기에선 도저히 만날 수 없는 시선

선혈 머금고 아릿하게 일렁이는 시간
연민의 그리움만 가슴에 품고서
오늘도 너와 나는 따로 눕는다

목멘 바람처럼

외로움이란 눈보라일 뿐
미움은 안개 밭이고
오해는 비바람이지

폭풍이 지난 뒤에 고요함처럼
뼈저린 아픔만
빈 가슴속을 말없이 맴돈다

모든 것은 바람이기에
온 것도 바람처럼 오고
떠날 때도 바람처럼 가지

꽃은 기약 없이 피고 지고
단풍 들 때면
덧없이 바람 불어
텅 빈 가슴만 휩쓸고 만다

이미 모든 것은 내 것이 아닌 걸
무엇을 못 잊어 뒤돌아보는가
종종 목멘 바람처럼
그 골목을 서성이다 가는 거지

노을처럼

몸을 던져 하루를 살고
내일을 향하여 떠나는
노을빛 여정은
아름답다 못해 처연하다

시작은 끝이고
끝이 시작인 오늘
한 움큼 남은 열정까지
모두 던져 붉게 물들인다

짧은 생을 살아도
거짓 없는 세상을 살고
마지막이 저녁노을처럼 붉게 물들 수 있다면
정상에 오르지 못한들 어떠하리

오늘도 어제도
가족을 붉게 물들이는 나는
노을처럼 저물고 있다

홍매화 붉은 꽃잎이 웃는다

아련한 꿈길
그 강변에 홍매화 꽃이 피었다
붉은 그 꽃잎이 손짓할 때마다
고개 드는 쓰라린 상처는
그리움을 울컥 토한다

칼바람에 베인 꽃잎이
붉은 피로 온몸을 물들이니
아마도 영어의 봄날인가 보다
휘영청 달빛에 젖을 때마다
향기는 아득히 멀어지고
생이 다하는 날임을 직감한 듯
접동새만 울고 간다
비애의 그림자만 잉태한 밤
지조와 절개의 그 붉은 꽃잎도 바람을 탄다

세상 끝나는 날
나의 꽃잎의 노래는 무엇일까
무슨 미소로 손짓할까
홍매화 붉은 꽃잎이 웃는다

영원한 숙제

오늘도 숙제를 못 풀었다
남들은 다 하는 숙제를 나만 못한다
평생 소외된 열등감과 두려움으로
무언가 하려 하면 울렁증이 생기기 때문이다
씨방처럼 여물어 웅어리진 가슴은
언제나 설원이다
계절을 무시하고 부녀 사랑 꽃피우려고
발악하면 할수록 발아를 멈춘다
절절한 외로움으로 어두운 적막에 갇혀 산다
빛을 찾아서 고뇌의 허물을 벗고 싶다
녹슨 시간은 서걱대며 기어 오는데
풀 수 없는 부녀의 관계는 오리무중이라
늘 초조하고 숨 가쁜 일상이다
아버지와 화해하는 법을 도저히 알 수 없다
오늘 붉게 물든 서녘 하늘을 보고서야
인간은 풀 수 없는 영원한 숙제도 있다는 것을
뜨거운 눈물로 대신하고 만다

반성한다

반성한다
무심한 세월 오가며
무엇을 하며 살았나
가슴깊이 깨우친다
천국의 계단을 오른 지
십 년도 안 되는 어머니
육 남매의 입에서
어머니란 이름 석 자도 끊긴 지 오래다
잊힌 다는 게 이런 건가
내가 생각해도 내가 밉다
드라마 주인공을 보듯
어머니의 사랑과 노고를 잊고 살았다
강아지를 품에 끼고 잠 들면서
낳아주신 어머니를 잊고 지낸 나
뿌린 대로 거두리라

반성한다

강물은 다 안다

보고 싶은 너는
안갯속으로 사라지고
바람 한 줌만
강물 위를 맴돈다

눈물 삼킨 너의 그림자는
길 잃은 꽃잎처럼
강물 위를 비틀거리다 끝내
은파의 무덤이 된다

은빛 눈물이 반짝일 때마다
아련한 추억도 반짝이고
끝나지 않은 너의 노래는
후렴으로 둑을 넘는다

강물은 온종일
그렇게 출렁거린다
네가 보고 싶다고
널 안고 싶다고
몇 번을 뺨을 때리며 울먹였는지
저 강물은 다 안다

통화중

산모퉁이 들꽃도
아기 손 단풍나무도
담장 밖 석류의 낯 붉힘도
갈대의 내밀한 속삭임도
가을의 길목에서 바삭 거린다

가을바람처럼 살라던
어머니의 흐려진 눈빛도
모든 것이 다 사랑이었다

벌 나비 불러 모아
들꽃처럼 춤추고 싶다
폭포처럼 하얗게 웃고 싶다

바람에 얼굴을 가리는 여자
그리움에게 전화를 건다
통화 중이다.

삶의 증세

나는 아버지에게 미움뿐인 맏딸이다
친정식구들과 가까이했던 지난 세월도
애증만을 간직하고 조용히 떠나보내려 한다
내가 아버지라도 그러했겠지
내가 남동생이라도 그러했겠지
이렇게 생각하니 화가 풀리는 거 같다

사랑은 강물처럼 흘러도
사람 마음은 새벽 별처럼 가물거리는데
마지막 남은 영혼의 힘으로
아버지를 탐구하다가 나를 잃어버릴 뻔했다

아버지는 느끼실까
맏딸의 가슴에 아버지의 염려가
가득 채워져 있음을
부녀의 어떤 해후가 되더라도
기다려 보련다
온종일 그리운 가족을
기억의 함 속에 꼭꼭 새겨둔다.

또 다른 달이 된 당신

눈을 뜨자마자 바라보면
아무렇지도 않게 서있는 달그림자
푸른 새벽을 등지고 선
당신을 보았습니다

보내야만 했던 당신
애써 돌아서야 했던 나
호명할 수 없는 수많은 별처럼
오늘 밤도 야릇한 예감에
당신을 보내드립니다

흐려진 달그림자는 휘청입니다
그렇게 창문을 흐려놓고는
떨리는 손가락으로
보고 싶어 왔습니다라고 쓰고는
바람따라 가버렸습니다

오늘 밤도 별들은 추억이 되고
시냇물처럼 반짝반짝 속삭입니다
당신은 또 다른 달이 되어
나를 바라보겠지요

눈을 뜨자마자 바라보면
아무렇지도 않게 서 있는 달그림자
푸른 새벽을 등지고 선
당신을 보았습니다

파몽

새벽잠이 덜 깬 사이
엄지발가락은 투정을 부린다
추억으로 달아오른 마지막 그 멜로디
오롯이 나에게만 내려진 형벌처럼
자꾸만 구불거린다

숙명의 굴레 속에서
오늘도 시지프스가 되어
죄 없는 바위를 굴리고 또 굴린다
결코 부서지지 않으면서도 신음하지 않는
그 바위를 익은 눈물로 덧칠을 한다

어둠에 짙어진 풀냄새
밤안개 속에 그 향기를 더하고
헛헛함으로 잠들었던 발가락들이
새싹이 움트듯 서둘러 기지개를 켜면
베갯잇에 물든 그리움이 녹아내린다

어쩌면 그 뜨겁던 태양도
누군가를 지치게 하기 위함이 아니라
스스로 마음을 열라는 몸부림이었고
한 줄기 뜨거운 눈물이었다

어둠 속에 목만 자란 꽃
언제나 바람이 속삭여야 춤추는 꽃
지금은 꿈속에서만
춤추는 그 꽃

바람이 죄다

세 번째 계절은
붉은 미소로 물들어 가고
가슴마다 울렁거리니
바람이 죄다

할머니 나이 되니
봄여름도 붉게 물들고
가슴속은 마른 잎으로
바스락거린다

꽃 지고 나뭇잎 떨어지니
마음은 은파가 되어
온종일 뭍을 때린다

붉게 물든 잎은 뒤척인다
버릇처럼 뒹굴며
너의 영혼마저 물들인다
물든 잎 하나
찬바람에 들켜
뒤돌아본다

바람이 된 여자

발자국도 없는 여자의 길
걸어온 길은 분명한데
뒤돌아보니 그림자는 간곳없고
길 잃은 바람뿐이다
엮이지 말아야 할 인연들과의 부대낌
그들에게 상처받은 멍 자국이
오늘도 가시가 되어 온몸이 따끔거린다
언제쯤 원망과 미움을 털어 버리고
눈물 없는 삶을 꿈꾸어 볼까
이제 끓어오르는 눈빛으로
새로운 세상을 만들어야 한다
후미진 골목길에 버린
바람의 발자국을 가슴에 품어야 한다
이제야 바람이 된 여자에게서
문풍지 소리가 난다

바람 같은 아버지

바람결에 대문이 삐걱거리면
아버지 기침소리 형제들 웃음소리가 그리워
더운 눈물이 핑 돈다

오늘도 멍든 가슴이 아파
잊으려 해도 뭇별처럼 되살아나는
어머니 모습 잡으려고
허공만 허우적거린다

맏딸을 가시나무 바라보듯
찡그린 눈으로 정을 떼는 아버지
함께 산 여동생들만 곁에 두고
아들만 자식이라 여기니 난 뭐란 말인가

아버지 왜 나를 낳으셨는지요
낳아 놓고 똥강아지처럼 버릴 걸
왜왜 나를 기르셨는지요
밤마다 그리워 이불 속에서 불러보는
차갑고 야속한 아버지
목메어 부를수록 멀어지는 아버지

행여 목메어 부르다가
이 밤도 달려 나가 대문을 열어 본다
빈 바람 만 차갑게 돌아선다
바람 같은 아버지

꽃비

마지막처럼
영근 가슴에 꽃비가 내린다
빗금으로 내린다

목메는 순간순간
수줍은 듯 침묵하는
너의 얼굴은 바람소리만 남았다

알 수 없는 속삭임
아무것도 물들이지 못한 너
빗금으로 죽는 너

너를 잃은 자의 허공에
밤새도록 내리는 비
꽃비

접시꽃 애가

바람 부는 꽃대궁 위에
큰언니 넙데데한 얼굴
붉게 물든 채 고개 숙였네

아래로 주렁주렁
어린 다섯 동생
주저리주저리 사연 담아
둥글게 둥글게 벙그러지네

청포도 익어가는 계절이면
시집살이 고된 어머니 모습
옥양목 하얀 적삼이 눈물범벅되어
붉게 붉게 물들어 가네

피는 꽃잎마다
달빛에 젖어 들어
우리 모녀의 눈물꽃으로
피고 지네

붉은 잎이 기침을 한다

붉은 잎이 기침을 한다
싱숭생숭 가슴 떨리듯
살랑살랑 한숨 쉬는 나뭇잎
저희들끼리 몸 비비며
우는 가지를 놓는다

붉은 잎이 떨어진다
온갖 시름 안은 얼굴로
생동 거리며 밤을 잊은 연인들처럼
동공 속으로 속으로
바스락바스락 기척을 한다

붉은 잎이 뒤돌아본다
혼기 지난 딸의 화장기 없는 얼굴로
울긋불긋 슬그머니 내려앉아
서릿발 돋은 머나먼 길을 뒤돌아본다

이렇게 얽히고설키다
추억하나 붉게 물들이려고
세월의 갈피마다 고이고이 눕는 것일까
찬바람에 기침을 하는 내 생애
또 한 번 토르소 되어
덩그러니 서 있다

달맞이꽃

그대 떠난 후
비어있는 그 자리

밤새 기다림에 지쳐서
애절함만 영글어가고
노란 눈물로 떨어진다

길가에 홀로 핀
바람만 불어도 눈물 고이는
달 바라기
나는 외로운 여자
너와 난 외로움을 닮았다

속삭임은 없었다

밤비 소리에
젖어 드는 너

연신 기웃거리는
어둠보다 더 어두운
영혼 잃은 너의 그림자

보내리라 했던 너
잊으리라 했던 나
순간 추적이는 밤비 소리에
미운 것은 사라지고
보고픔만 남았다

밤비는 유리창에
젖은 그림자 하나만 남기고
속삭임은 없었다

3부

강물 위에 핀 꽃

고목이 된 아버지 나무가
갈바람에 많은 이파리를 버릴 때마다
나는 노랗게 질린 딸이 되어
아버지 아버지 발버둥 치면서
그 팔에 매달려 울었습니다

어머니

한 많은 세상을
스치는 바람같이
착하게 사신 어머니

다섯 딸 낳고
숨어 울던 통곡소리를
겨울바람에 문풍지 울음인 양
듣고 살았다

장독대에 정화수 떠놓고
밤낮으로 빌고 빌더니
기어이 아들 하나 보더니만
한 많은 멍울 다 풀지 못하고
군자리(君子里) 산자락에 잠을 청한 어머니

맏딸로 살고 있는 나는
달맞이꽃처럼 오늘 밤도
노란 눈물 머금고 잠이 든다

시(詩) 연리지

님의 음성은
숨 가쁜 영혼의 숨비소리
닫힌 마음은 스스로 열리고
그리움은 도란도란
기다림의 꽃을 피웠습니다

님의 모습을 처음 본 순간
눈동자 속에서 피는 꽃이었고
생동하는 봄날 이었습니다
온몸은 오색 빛으로 물들고
인연의 물결은 푸른 파도가 되어
행복으로 밀려왔습니다

님은 계절 없이 피는 꽃입니다
평생 그 꽃 그림자만 밟는다 해도
후회는 없습니다
시밭에 연리지로
인연의 꽃을 피우며
늘 함께 하고 싶습니다

기억 속에 피는 꽃 2

영원한 오월
라일락 꽃 향기에
흰나비가 춤을 춘다

물오른 가지마다 애잔한 그리움
고운 햇살에 스치는 바람마저
물빛 추억이다

꿈에서도 그 향기는
달빛 기억 속에 남아
연무같이 번진다

보고 또 보고
못다 핀 보랏빛 연정
꽃잎 속에 하늘까지 영그는 건
너의 눈물인거야

첫사랑의 꽃잎을 물들인 그리움은
오늘밤도 가로등 불빛만 흐리고
뜨거운 눈물은 밤하늘마저 흐린다

아 당신은
기억 속에 피는 꽃
오늘밤도 창문을 스친 바람처럼
향기도 없이 손짓한다

엄마 부엉이

애증의 눈동자로
평생을 어둠 속에서
헤매 돌았다
무엇이 모자라고
무엇이 서러워서
캄캄한 하늘 보고
부엉부엉 살았을까
보름달 뜨면 숨죽여 울고
초승달 떠야 시린 날개짓하며
고독한 울음 토하는 자투리 별 하나

부엉부엉
떡 해 먹자 부엉
부엉부엉
시루 없다 부엉

평생을 시루 구하러
부엉부엉 울며 헤매온
나는 엄마 부엉이

쳇바퀴 인생

갈비뼈 사이마다
아버지 향한 그리움이 맺혀있다
오장육부 까맣게 멍든 애증의 세월

이대로는 살 수 없다
끝이 없는 숨바꼭질의 나날
날마다 미칠 것 같은
쳇바퀴 인생

바람 타고 날아가고 싶고
고래 뱃속에라도 숨어 들고 싶다

사랑과 미움의 세월
행여 화해의 소용돌이에서
미움을 털어 버릴 수 있을까

저 변함없는 해와 달처럼
모든 아픔은 돼 오지 않을
바람에게 실려 보내고 싶다

변명은 없었다

빗소리에 상한 너
흐느끼듯 흔들리는 불빛
울먹이던 어깨를 보고 알았다
보내리라 마음먹은 사랑
잊으리라 참았던 아픔
방울방울 빗물에 살아 오른다
허공에 집을 지은 슬픔이 전율할 때마다
나는 너의 마지막 속삭임에
털썩 무릎을 꿇었다
빗줄기는 하염없이 눈물져 흐르고
영혼 잃은 그림자가 비틀거릴 때
애수의 그 골목에서 너의 목덜미에
매달려 울던 사랑도 눈을 감았다
밤비에 지는 꽃은 입술이 없다
빗방울은 순간 그렇게 다 죽고 말았다
못다 한 슬픔은 이름 모를 꽃이 되고
향기는 젖은 채 추억이 되었다

소리만 요란한 비의 꽃이 그립다
언젠가는 가버릴 바람 같은 너
별빛 같은 사랑이라고
하나뿐인 내 님이라고
안개로 지은 집에 둘이 살았지
어제도 오늘도 밤비는
그 거리로 나를 부른다
빈 그림자는 잠시 스쳤을 뿐
빗소리가 젖은 속삭임은 지워 버렸다
변명은 없었다

너는 가버렸다

희붐한 새벽
이슬 맺힌 그 길로
새벽별처럼
너는 가버렸다

바람에게
제 운명을 맡기는
민들레 홀씨처럼
너는 사라졌다

바람은 길을 잃었고
강물은 거꾸로 흘렀다
상한 기억의 파도처럼
출렁이고 싶었다

밤새도록 눈을 감고
흰 포말이 되어 뭍을 때렸다
눈물이 마를 때까지 너를 지워야 했다

바람이 지나간 자리에
해는 어제처럼 지고
별 하나 눈 먼 그리움으로
허공 속에 반짝인다

마지막 슬픔

지는 이파리에
물든 그림자
거미줄에 이슬처럼 뜬다

바람 불 때마다 춤추는
저 마지막 이파리에
행여 너의 이름이 적혀있나
놀라 더듬거린다

이내 나뭇잎이 붉어지면
눈물은 너의 몫으로 투신하리라
물든 잎보다 더 슬픈 건
눈뜨고 영그는 너의 이름이다

나뭇잎이 나를 바라본다
마지막 슬픔이다
대답 대신 나는 오래
거기 서있을 거다

불빛이 나를 지우네

발자국만 남은
비 오는 가슴이건만
자꾸만 뒤돌아보네

가을이 오는 듯
겨울이 와 버린 내 가슴은
며칠째 눈이 내리네

가로등 불빛에
어깨를 들먹이는 순간
불빛이 나를 지우네

발자국이 남긴
비 오는 가슴이건만
자꾸만 뒤돌아보네

강물 위에 핀 꽃

봄의 끝자락
팟기 잃은 꽃잎
고개 숙였다

하늘땅 들판
조우하던 봄이 돌아서자
속마음 숨기고 알 수 없다는 듯
조급해진 강물은
나의 하늘을 훔쳐본다
여름이 다가서는 소리에
겁먹은 꽃잎이 향기만 남기고
애처롭게 날아간다

이젠 내게 봄꽃은 없다
건널 수 없는 애증의 강
꽃 진 자리에 그리움만 남는 것
강물 위에 떠오르는 얼굴
혹 향기로 스친다

갈대의 추억

가버린 사랑은
구름 벗 삼아
노을빛 침묵 속으로
붉게 물든다
시린 바람에 흔들리는 너
머무는 듯 엉기는 나
지는 노을에 물든 두 얼굴
달빛에 물든 비애의 그림자
고작 그 눈빛은 슬픈 인연의 암시였느니
모래바람은 세상을 흐렸다
텅 빈 가슴은 사막의 골짜기였고
남몰래 품은 연정은
물관이 말라가는 갈대가 되었다
지금도 바람 잊은 그 갈대는
가끔 놀란 듯 흔들리며 운다

가쁜 숨소리

영혼의 가쁜 숨소리
닫힌 마음 열리고
그리움은 꽃을 피웁니다

님의 모습을 처음 본 그 순간
생동하는 봄날이었고
온몸은 오색 빛으로 물들고
그리움은 푸른 파도가 되어
사랑으로 밀려왔습니다

꽃이라고 다 향기로운 꽃은 아니었습니다
님은 계절 없이 피는 꽃인 줄 알았는데
그림자도 없이 가버렸습니다

꽃은 다시 피고
바람은 보채는데
영근 눈물은 보지도 않고
님은 바람 따라 그렇게 가버렸습니다

돌아서면 첩첩산중이고
돌 틈에 흐르는 샘물만
연신 옹알이 합니다

숨어 우는 꽃

네가 떠난 새벽길
이슬 맞은 풀잎들도
말을 잊었다

서둘러 별 무리 꽃잎들이
밤하늘에 반짝이면
지워지지 않는 네가 살아 오른다

밤새 그리움의 눈물은
이별의 나라 얼음 꽃으로 피고
내 눈에서 멀어지던 회색빛 골목은
슬픈 계절이 되었다

머물렀다 가는 아픔은
바람에게 항의하고
그 운명을 넘어서 다시 만날 수 있는지
그냥 눈먼 채
네게 달려가고 싶다

네가 떠난 새벽길
이슬 맞은 꽃잎들도
말을 잊었다

꽃보다 잎이 아름답다

물든 잎이
꽃보다 아름답다는 것을
이제야 알았다

시린 가슴
검은 눈동자에
그 누가 죄를 묻겠는가
기러기 한숨에
슬픔은 낙엽처럼 날리고
찬바람에 실려 온
초라한 님의 이름을 되새김질한다
소리없이 출렁이는 강물 위에
붉은 석양빛이 다시 또 한 번
이별을 예고한다
펼쳐지는 신기루 같은 사랑
가슴 깊이 새겨진 이별
바람의 이름으로 물든 나뭇잎을
어디론가 몰고 간다

물든 잎이
꽃보다 아름답다는 것을
이제야 알았다

어머니로 살다 보니

어머니로 살다 보니
세월의 흐름에 따라 마음도 변해간다
시린 바람에 쓸쓸함이 묻어나고
한 잎 두 잎 지는 낙엽에
추억의 수레바퀴는 덜컹거린다
삶이 농익어 갈수록 뒤돌아 보면
모든 것이 후회스럽기만 하다
파란만장한 굴곡진 삶을 살다 보니
앉으나 서나 자식 걱정뿐
하루하루 빙판길을 돌고 돌았나 보다
모자 사이 모녀 사이 빗금으로 이어져
언제나 행복한 가족의 퍼즐을 맞추려고
더듬거리며 삶의 매듭을 어루만진다
일그러진 지난 삶에 실망하지 말고
행복했던 추억의 파노라마에 취해
달빛에 물든 고운 잎을 줍는다

이제부터는 더 잘 살아야지 하니
희망이 배가되고 힘이 솟는다
운명을 삿대질하는 불협화음을 잠재워야 한다
어둠 속에 스스로 등불이 되어야 한다
가족의 행복을 위해서라면 어떠한 고통이라도
숨비소리 아껴 생을 살리라
이불 속이 유난히 따뜻하다

시월의 마지막 밤

사부작거리던 너는
상기된 얼굴로 물들더니
마른 잎이 되었다

바스락바스락
온밤을 지새운
너의 몸빛은 아름답다

다시 또 그날이 오면
가지 끝에 마지막 이파리처럼
몸부림치는 시 한 편 쓰고 싶다

시월의 마지막 밤이여
나는 너 하나를 기다린
마지막 한 잎
뜬눈으로 잠이 든다

추억이 흐르는 강

가만히 눈을 감고
추억이 흐르는 강에
마음을 비추어 본다

천년 아름드리 당산나무 그림자에
찰랑찰랑 교교히 흐르는 강물에는
구름이 맞닿은 출렁다리가 춤추고

금빛햇살에 눈이 부시면
줄줄이 송사리 떼 거슬러 오르고
저수지 둑길에는
풀 뜯던 황소의 코뚜레가 헐렁하였다
날이 저물 무렵
쑥불 화로에 둘러앉은
입술 파란 동무들은
새벽 별을 세고서야 자리를 떠났다

조금 흐르다 허리가 굽은 강이
아쉬운 듯 반짝인다
황금빛 비밀에 눈이 부시다

아버지 나무

시도 때도 없이 부는 바람이
아버지였으면 좋겠습니다

아버지가 원하지 않아도
제멋대로 부는 바람 타고
오늘도 줄기 마른 세상을
달그락달그락 살고 있습니다

고목이 된 아버지 나무가
갈바람에 많은 이파리를 버릴 때마다
나는 노랗게 질린 딸이 되어
아버지 아버지 발버둥 치면서
그 팔에 매달려 울었습니다

지금도 그 바람은 불고 있고
내일도 어김없이 불어올 테지요
그렇지만 아버지 슬퍼 마세요
그래도 여기 예쁘게 물든
고운 딸이 있잖아요

시도 때도 없이 부는 바람이
아버지였으면 좋겠습니다

침묵의 꽃

꽃 피는 계절은 다 가버렸나
충혈된 해는 수직으로
온 대지를 달구고 있는데
정거장 없는 바람은
쉼 없이 헤매 돌기만 한다
뺄셈 없는 나이는 늘어만 가고
새살 돋는 추억은 새롭기만 한데
그늘 아래 꽃 그림자 그리움은
낑낑거리는 강아지 빈 밥그릇에 고여있다
물빛 하늘과 연꽃의 7월은 가고
입추의 8월도 말을 잊었다
가을엔 꽃 한 송이 피워 보리
잊어야 하는 서러움으로 침묵하는 꽃
오로지 나만의 향기로 피는 순수의 꽃

죽는 그날까지
꽃 한 송이 침묵으로
곱게 피우리라

추억도 물들어간다

가슴은 아직 여름인데
가을은 냉정하게도 세상을
밤새 붉게 물들였다
구름같이 떠도는 얼굴은
낮달에 더욱 애잔하기만 한데
아는 듯 모르는 듯 가을바람은
변심한 햇살에 세뇌된
마른 잎을 몰고 간다

지나간 삶을
바스락바스락 헤집어 본다
이순의 몸뚱이는
가을바람과 한 몸 되어
황혼의 종소리에 숙연해진다
홀로 가야 하는 그 길
번지도 이름도 모르는 그 길
빛바랜 추억 속에
한 잎 두 잎 물든 사연을
보고 또 본다

개망초꽃

개망초꽃이라고 불러서 그런지
아무 곳에서 마구마구 피는 꽃
풀이 길 거부당한 꽃이라
노란 얼굴에 하얀 달무리 옷을 입고
바람 타고 시위를 하는 꽃
액자에라도 담아 두고 싶다

잡초가 되어 사랑받지 못하는 천덕꾸러기지만
하나같이 착한 심성으로
미움도 원망도 잊고
오늘 밤도 부는 바람에 댄서가 된다
아 그대 이름은 개망초가 아니라
어여쁜 달걀 꽃이다

나도 한때는 너처럼
기구한 운명의 망초꽃이었으나
자식농사 잘 지은 나는
너 닮은 달걀 프라이를 계절 없이 부친다

굴러야 합니다

눈치꾸러기로 살아온 60년
아버지라고 마음 먹고 불러보지도 못한 딸
이순이 된 시린 가슴은
서서히 박제가 되어갑니다
눈밭을 구르다 멍든 영혼은
하루같이 어깨를 들썩이지만
냉대 속에서 가슴 치는 벙어리라
꿈속에서조차 설원을 구르며
몸부림치다 몸만 커졌습니다
그러나 꿈속에도 바람 같은 아버지여
그 차디찬 눈동자에 내 얼굴을 새겨봅니다
한 땀 한 땀 그리움의 문신도 새겨봅니다
오늘도 내가 그리다 눈물마저 말라버린 아버지
끝끝내 그 차가운 눈초리에
추억의 잔상까지 설원이 되고
그러다 늙어버린 딸은 구르고 굴러
그 설원에 마지막 눈꽃이 되고 말았습니다
아버지, 딸이 그렇게 구르고 굴러
눈사람이 된 것도 추억인지요
내가 그렇게 눈사람이 된 것도 행복이라면
아 오늘도 난 또 굴러야 합니다

4부

잃어버린 계절은

무정한 사람아
산사람 가슴에 못 박지 마라
밤새가 되어 오늘 밤도
너를 찾아 날아오른다

꽃잎이 지는데

펄펄 꽃잎이 지는데
그립고 보고픈 마음은
왜 이리 처량한가

모든 연인들이
그립고 보고 싶어 갈망하듯
가슴이 말라가는 나는
온종일 까닭 없이
꽃잎 지는 길을 걸어야 했다

봄이 오고
꽃이 그렇게 피고 지는데
그대 없는 빈자리는
찬비만 하염없다

사랑의 빈 그늘 아래
메말라가는 가슴은
그대 손길만을 기다리며
해처럼 품어주길 꿈꾼다

사랑은 사랑을 먹고
사랑은 사랑을 잉태하고
사랑은 사랑으로 숨 쉬고
오로지 사랑으로 슬프기를

펄펄 꽃잎이 지는데
그립고 보고픈 마음은
왜 이리 처량한가

외로움이 우습다

지난 여름
푸른 하늘이 좋았지만
뜨거웠던 사랑이 비애의 바다로
침몰하고 나니 높은 파도 끝에
갑자기 울화병이 생긴 거야

황금빛 가을에
상처뿐인 내 가슴이
다시 너를 채워 보려고
떠올려 보는 건
다시 그 가을이 물 들었기 때문인 거야

첫눈 내리는 거리에서
옷깃에 고개를 묻고
살며시 미소 짓는 건
찬바람 때문은 아니고
가슴 시린 그 추억 때문인 거야

다시 새봄이 와도
넌 이제 내게 아무것도 줄 수 없어
수많은 아픔만 남은 난
내일 모레 아니 영원히 네가 싫을 거야
외로움이 우습다

횡성 오일장

닷새마다 열리는 풍물 오일장
양쪽으로 즐비한 상가는 토박이 점포
가운데는 순서대로 좌판을 벌이고
왁자지껄 호객행위가 한창이다

산 냄새 나는 곳엔 약재와 더덕을 팔고
바다 비린내 나는 곳엔 건어물과 생선을
들 향기 나는 곳엔 달래 냉이 씀바귀
꼬부랑 할머니 손에는 올챙이국수가 꼬물거린다

나는 올챙이국수 한 그릇을 후루룩 비우고
두 그릇은 포장을 주문한다
그 언젠가 오일장이면 나를 위해
언제나 달걀 한 꾸러미와 알사탕을
사 오신 외할머니 생각이 나기 때문이다

횡성 오일장날이면
장에 가신 외할머니를 기다리며
사슴 목을 하고 울타리 길을 바라보았다
그날 저녁 소복한 보리밥에는
하얀 삶은 달걀 한 개가 숨어있었다

지금도 멍석 위에는 외할머니가 앉아 계시고
무릎에는 알사탕을 입에 문 채
내가 잠들어 있다

시동을 끄고서야 알았다

앞이 훤하다
오가는 차량의 불빛도 찬란하고
네온사인 불빛도 황홀하다
내가 입은 빨간색 원피스도
눈이 부시겠지
맛있는 된장찌개와 푸짐한 양념 갈비를
싸가지고 아들에게 가는
어미 마음도 해님의 마음
룰루랄라 콧노래 흥얼거리며
목적지에 도착해서 시동을 끄고서야
라이트를 켜지 않고 달려온 것을 알았다
시내 길 망정이지 큰일 날 뻔했다
십 분 거리를 어둠으로 달려온 길
어미 마음은
먹이 물고 하늘을 비행하는
어미 새의 논스톱 마음이었다

아직도 여자 친구와 결혼 반대했다고
투덜거리는 아들이다
아들이 부모가 되어
어미 마음 알 때면
나는 하늘에서
자식의 행복을 빌어 주겠지
하늘에는 별이 총총히 밝다
이 밤엔 딸이 추석빔으로 사 준
빨간 원피스가 불빛을 대신했다

혼수 이불

순백의 꽃
벙글던 그날
어머니의 사랑은 은파처럼 반짝였다

36년 전 엄동설한에
맏딸 시집보내려고 챙겨 놓은 목화솜 이불
포슬포슬하게 펼쳐서
한 땀 한 땀 정성으로
맏딸의 행복을 위해 만든 원앙금침
지금은 결혼하고 우여곡절 끝에
아들딸과 본향으로 온 이불
장롱 속에 곱게 잠들어 있다
장성한 딸에게는 보이기 싫은 아픔이지만
이불만은 외할머니의 사랑으로
대물림하려고 한다

어머니 가슴 언덕에서 피어난 목화
그리움 사르는 한줄기 바람인가
말 없는 그날의 햇빛이여
순백의 꽃잎이여

나는 별을 갉아먹는다

별을 갉아먹는 그리움은
뜨거운 심장 속에 숨어
애타게 반짝인다

세상이 곱든 밉든
슬픔처럼 밤하늘은 반짝이는데
젖은 그리움만 잠재울 수가 없다

칼날 위에 선 것처럼
내 그리움은 한가롭지 않다
오늘도 운명은 너를 다 보여주지 않는다

기다려도 그리운 너는
더 먼 밤하늘을 떠돌고 있을 뿐
나의 가슴만 흐려진다

나는 오늘도 네가 그리워
별을 갉아먹는다

백 년 한

미안하다
듣고 싶은 그 한 마디
평생을 기다려 왔다
부녀 사이에 한 줌의 정이라도 남아 있다면
가슴 아픈 눈총을 주고받지 않을 텐데
아무리 추억해 봐도 아버지하고
기쁘고 행복했던 한 조각 그림자조차 없다
외롭고 힘들 때마다 마음 비우고
내려놓으려 애쓸수록 무거워지는 마음
여섯 번째 남동생에 치여
맏딸의 자리는 몽당빗자루처럼 뒤란으로 밀려났다
한평생 평행선인 부녀 사이
원망과 애달픈 마음으로 갈라선 길
이젠 기다림에 지쳐서 눈물도 말라버렸다
미안하다
듣고 싶은 그 한 마디
평생을 기다려 왔다

가을 타는 여자

가을 타는 여자
허리춤만 추는 코스모스처럼
아우성치는 여자

먼지인양
하늘만 흐리며
아픈 기억으로 살았구나

서걱서걱 말라가는
너의 기억들만 안고
오롯이 아우성치며 살았구나

그렇게 피었다가
그렇게 지고 나면
찬바람에 떨고 있는 너의 몸짓
남는 건 스친 향기의 기억뿐이다

가을 타는 여자
슬프지만 눈물 잃은 여자
너의 기억 속에 언제나
춤추는 여자

돌아보며 피는 꽃

뒤돌아본다
평생을 옥조이는
계절 없는 감옥에 갇혀
눈물로 살았다

망각의 약을 먹어도
문득문득 떠오르는 그림자
미움과 원망으로 통곡하며 산 세월
이슬 맞은 풀잎의 과거를 그 누가 알까

남루한 마음에 가련한 옷자락을 날리며
두 손으로 하늘을 가리고 핀 꽃
눈을 감아도 용서가 안 되는 그 꽃
뒤돌아볼 수 있어 좋다
눈물 흘려도 흘릴수록 좋다
그러면 됐다

옷자락을 바람에 날리며
뒤돌아보는 여자
아득한 여자

뒤돌아보며 피는 꽃
가슴이 아프기 전에
눈물짓는 여자

아버지 그림자가 보고 싶다

어버이 날이다
아버지가 보고 싶어 전화를 하니
웬일이냐 내가 지금 바쁘구나 하며
뚝 끊는다
맏딸이 무엇이 그리 못마땅한지
오늘도 만나 주지 않는 야릇한 아버지
3년 전에 산 선물이 또 다시
눈물에 젖었다

59년 동안
맏딸의 가슴에 대못만 박아 놓고
독설과 편애로 일관하는
레오 황제보다 잔혹한 아버지

둥지를 마다하고
왕십리 길만 고집하는 아버지
오늘도 아버지 그림자도 못 밟고
영혼 없는 목소리만 들려주셨다

이유 모를 미움과 외면으로
딸은 거미줄에 걸린 잠자리처럼
피가 다 빠져나가고 있다
맏딸이 껍데기만 남아 날아가는 날
부녀의 천륜은 허공에 남으리라
밉기도 하고 그리운 아버지
저에게 아버지는 억만금인데
아버지에게 저는 얼마짜리 딸인가요
오늘밤도 대문을 열어 놓고
휴대폰도 켜 놓고
엎드려 잠이 듭니다

첫눈 오는 날

첫눈 오는 날
강가에서 나는 울었다
강물에 떨어지는 하얀 눈송이가
너였다가 나였다가
그러나 말이 없었다

첫눈 오는 날
강가에서 나는 울었다
강물에 떨어지는 그 순간에도
너와 나는 사랑한다고
차마 말을 하지 못했다

첫눈 오는 날
강가에서 나는 울었다
그리운 너를 찾아
오늘도 허공에 취한 채
비틀 비틀 바람타고 울었다

바라고 그리워하는

바라고 그리워하는 것
허공에 떠 있다
미움과 원망의 크기가
자꾸만 자란다
언젠가부터
내 맘에 탐욕이 생겼다
채우지 못하는 허전함
자꾸만 먹는다
욕심 따라 몸무게는 늘어
사탄의 숫자 66. 6
미움 원망 탐욕의 삼박자
끔찍하다
후회된다
거구의 내 몸이 둥둥
허공에 떠 있다
밀려오는 후회의 몸부림
밤새 비 사이로
몸이 비껴 다녔다
꿈이었다
바라고 그리워하는 것
허공에 떠 있다

눈을 꼭 감고 잔다

아픈 계절뿐인 가슴
지우고 싶은 얼굴하나
서성거리지 말자

어제도 오늘도
썰물에 떠내려 보냈건만
밀물에 다시 내게로 온 너

오늘 밤도
새벽이슬 되어
너에게 반짝이고 싶다

어제처럼 흔적 없이
사라질지라도
오늘 밤도 반짝이고 싶다

아물지 않는 아픔도 사랑이라고
밤마다 창문을 열어놓고 잔다
눈을 꼭 감고 잔다

눈물 한 방울만 뜨겁다

그리움은
모서리가 없는 불꽃처럼
뜨겁게 타오른다

마지막 눈물 한 방울까지
흔적도 없이 삼킨 붉은 노을은
온몸에 박혀있는 상처의 옹이까지
하나둘씩 붉게 물들인다

일순 뒤돌아보기만 해도
숨이 차오른 황혼
사랑과 이별의 노래는
불꽃을 잃었다

통증 없이
고인 눈물 한 방울만
뜨겁다

안경 너머 세상

급해진 몸짓과 괴성은
지친 지난날의 흔적인가
맑은 눈동자는 세월에 탁해지고
안경 너머의 세상은 허무함만 남았다

찰랑이는 머릿결과
복숭앗빛 소녀 시절은
현모양처 꿈 키우며
영원한 행복만 펼쳐질 줄 알았지

세월은 덧없이 흐르고 흘러
손짓하던 눈빛도 사라지고
노을에 물든 안타까움에
마지막 빈 가슴을 안고 돌아선다

다시 되돌릴 수 없는 시야
마지막 흔들리는 세상
신기루 같은 여운만을 남기며
안경 너머 세상을 가야 한다

떠난 바람아

한 많은 세상 살다 살다
나보다 앞서 떠난 바람아
밤하늘 별들의 반짝임에
눈물 흘리지는 말자

이 세상 손 놓을 때
품 안에 그대 울음소리
강물에 별들이 다 잠 들어도
몸부림치지는 말자

어쩌다 마른 강기슭에
다리에 철심 박은
물새 한 마리 외발로 서 있거든
나는 그대임을 깨쳐 우노라

한 많은 세상 살다 살다
나보다 앞서 떠난 바람아
밤하늘 별들의 반짝임에
눈물 흘리지는 말자

첫사랑

발자국만 남은
비 오는 가슴이건만
자꾸만 뒤돌아보네

가을이 오는 듯
겨울이 와 버린 내 가슴은
며칠째 눈이 내리네

가로등 불빛에
어깨를 들먹이는 순간
불빛이 나를 지우네

발자국이 남긴
비 오는 가슴이건만
자꾸만 뒤돌아보네

밤새가 되어

엉거주춤한 마음으로
또 한 계절을 맞이한다
아등바등 사느라 잊고 산 나이
가을의 문턱에서 손가락 꼽아본다
아침에 눈 뜨면 진한 그리움
저녁 무렵 붉은 노을을 보고서야
내 시린 가슴도 단풍이 든다는 걸 알았다
꽃 피고 새 울던 봄날은 언제였고
불타던 정열은 어느새 지나간 건지
귀뚜라미의 세레나데를 듣고서야
여덟 잎의 코스모스 꽃잎을 헤아린다
담장 위에 능소화는
아직도 너 하나 그리며
피고 있는데
내 사랑은 아직도 이른 봄날인가 보다
무정한 사람아
산사람 가슴에 못 박지 마라
밤새가 되어 오늘 밤도
너를 찾아 날아오른다

웃고 싶은 여자

착하게 살다 죽어
여인으로 태어날 수 있다면
좋은 아버지 딸로 태어나리

온몸이 땀범벅인 일용직 근로자라도
코 묻은 내 손등 쪽쪽 빨아주는
그런 아버지의 품에 안겨보리

평생 딸이 예뻐
시집도 안 보낸다고
이빨이 다 빠지도록 큰소리치던
아버지의 자랑이던 딸

몸살이 나고 열이 오르면
내가 죄가 많아 그렇다며
눈물로 하늘에 용서를 빌던
아버지의 사랑이 그립다

한과 서러움으로 목멘 여자
고독으로 날이 선 비수 같은 여자
폭포같이 하얗게 웃고 싶다

호야꽃

핑크빛 등불을 켜고
달팽이 집 보다 더 작은방에서
적막을 안고 산다

왜 유리 감옥에서
그리운 날들을 펄럭이고 사느냐고
그 누군가 묻는다면
그냥 빛나는 것이 좋아서라고
단박에 대답할 거다

혼자만의 꿈을 꾸며
단 한 사람의 사랑만 품고
뜨겁게 눈물 짓는다
내 불빛에 물들고 싶은 이
거기 누구 없나요

잃어버린 계절

또 하나의 계절은
늘 얼음 꽃으로 가득하다
핏자국만 선명한 그 계절은
눈 큰 소녀의 핏빛 겨울이다
원망과 집착을 놓으라고
떨어져 무덤 이룬 초경의 수군거림
죽지 않는 악마의 초상을 걸고 사는 소녀
선혈로 물든 고통의 기억이 싫어
매 순간 겁에 질린 동공을 닫는다
꿈 많던 동구 밖 기억조차 억누른
열두 살 소녀의 죽음의 계절
유년의 언덕을 통증으로 뒤척인다
상처 진 소녀의 눈물바람은
오늘도 그 마을 어귀에서 몸을 돌린다
열두 살 소녀의 얼어붙은 가슴은
언제나 계절 잊은 하얀 겨울이다
지금도 소녀의 멈춰버린 꿈들은
당산나무 잔가지에 매달려 달그락거린다
아버지 제발 저 좀 구해주세요

고목이 된 아버지는
계절마다 목소리를 바꾸시며
차디찬 얼굴로 등을 돌린다
오늘도 소녀의 계절은
서리꽃 만발한 긴 겨울이다
발자국도 없는
긴 겨울이다

야속한 아버지

눈물 마를까 하늘을 보네
계절 모르고 물든 나뭇잎 하나
비바람에 철없이 날아가네
칼바람에 몸 버린 아버지 기침소리
밤 깊도록 들려오는 형제들 웃음소리
고향의 햇밤나무 꽃향기가 그리워지네
단 한 번 손짓에 하늘이 흔들리고 눈물이 영그네
아픈 추억 다 잊으려 눈을 감아도
자꾸만 살아나는 그 옛집의 기억들
눈물 고인 채 잠든 어머니가 보고 싶어
오늘도 내일도 지는 해에게 몸부림쳐야 하네
맏딸 아닌 맏딸로 살아야 한다고
언제나 차가운 눈빛으로 대하는 아버지
여동생들과 아들 하나만 자식이라 여기니
슬퍼서 많이 먹고 거구가 된 나는 뭐란 말인가
어머니 떠난 후 긴 겨울이 되었네

야속한 아버지
왜 나는 딸부잣집 맏딸일까
왜 먹다 남은 우거지김치가 되었을까
오늘도 잔별 하나 물들이지 못해
목메어 우네